娜清詩集

NAQING SHIJI

郑淑清 李娜◎著

中国文联出版社
http://www.clapnet.cn

图书在版编目（CIP）数据

娜清诗集 / 郑淑清, 李娜著. -- 北京 : 中国文联出版社, 2017.10
ISBN 978-7-5190-3178-7

Ⅰ. ①娜… Ⅱ. ①郑… ②李… Ⅲ. ①诗集－中国－当代 Ⅳ. ①I227

中国版本图书馆CIP 数据核字(2017)第259331 号

娜清诗集

作　　者：郑淑清　李　娜

出 版 人：朱　庆
终 审 人：奚耀华　　　复 审 人：苏　晶
责任编辑：褚雅越　　　责任校对：傅泉泽
装帧设计：金都启航　　责任印制：陈　晨

出版发行：中国文联出版社
地　　址：北京市朝阳区农展馆南里10号，100125
电　　话：010-85923068（咨询）85923000（编务）85923020（邮购）
传　　真：010-85923000（总编室），010-85923020（发行部）
网　　址：http://www.clapnet.cn　http://www.claplus.cn
E - mail：clap@clapnet.cn　　chuyy@clapnet.cn

印　　刷：北京海纳百川印刷有限公司
装　　订：北京海纳百川印刷有限公司
法律顾问：北京天驰君泰律师事务所徐波律师
本书如有破损、缺页、装订错误，请与本社联系调换

开　　本：889 × 1194　　1/32
字　　数：86 千字　　　印　张：5.5
版　　次：2017 年10 月第1 版　印　次：2017 年10 月第1 次印刷
书　　号：ISBN 978-7-5190-3178-7
定　　价：29.80 元

序言

五言和七言诗兴盛于唐代，而继宋代著名词人柳永后，宋词则取而代之成为了当时的主流文学。元代文学则更多地和戏曲融合在一起而形成了元曲，这一变更令当时的文学主流更加趋于平民化。再到清代四大名著这一类似现代小说的新的文学载体的出现使得唐诗宋词在文学载体逐渐多元化发展的趋势下逐步失去了唐宋时期的主流文学地位。直至民国及以后对白话文的提倡更使得唐诗宋词没有很好地被后人传承和延续，以致受众范围日益减少。今天，大部分诗词爱好者仅停留在对诗词的翻阅和诵读阶段，而鲜有人士致力于此范畴的研习与写作。我们想这也是当今众多诗词爱好者的遗憾和惋惜之处。这也成为了我们写作及最终出版这本《娜清诗集》的想法和动力。

刘勰所著的《文心雕龙·时序》中曾写道："诗文随世运，无日不趋新。"可见诗词等文学的内容表达方式也是需要随着朝代的更迭、社会的发展而逐渐更新变化的。因此，在我们的这本诗集中亦能看到这种当今时代所赋予的较之唐诗宋词更加通俗易懂的写作特点。

在我们母女合写的这本《娜清诗集》中既有朗朗上口的儿童诗，又有风景诗、人物诗、叙事诗和言志诗等等。所以，这本诗集的受众范围小到学龄前儿童、青少年，大到中老年诗词爱好者。

除此之外，我们还认为诗词除了具有很高的欣赏价值外，还可以以一种不同凡响的影响力直接触摸到读者灵魂的最深处，使之感动和震撼。读诗可以排解我们在社会与家庭生活中所需要面临的种种压力和愁烦，放飞心情，回归原本的自己，用善良去对待他人，以积极的生活态度去面对命运所给予我们的困难与挫折，令性格愈加豁达开朗，从而对生活产生不同于以往的诠释。

我们母女也是在读诗和写诗的过程中使得各自的身心获得了极大的释放，特别是压力得到了最大限度的缓解。读诗与写诗令我们能得以以一种新的视角去看待和面对生活中各种美好的以及不完美的事物，我们的生活质量因为有诗才有了更大的改变和提升，这也是我们母女俩在平日的闲暇时间里能对诗词产生浓厚的兴趣，续而完成此诗集的根本原因。

我们由衷地希望这本《娜清诗集》能够给所有翻阅过此书的读者带来心灵上的收获和快乐！

郑淑清 李娜

目录

童　诗

小天鹅 \ 3
蟋蟀戏螳螂 \ 3
孙悟空 \ 4
哪吒 \ 5
葫芦娃 \ 5
牧童 \ 6
学童 \ 6
识荷家 \ 7
路边小花 \ 7
小鸭 \ 8
青梅竹马 \ 8
小息 \ 9
阳暖心扉 \ 9
观鸿雁 \ 10
玉兔嫦娥 \ 10

花草篇

晨荷 \ 13
舒荷 \ 13
咏荷 \ 14
雾荷 \ 15
夏荷 \ 15
月下秋荷 \ 16
晓月秋荷 \ 16
九月荷 \ 17
畅荷吟 \ 17
绘畅荷 \ 18
兰韵 \ 18
兰草 \ 19
幽谷青兰 \ 19
悠兰 \ 20
月下悠兰 \ 20
园中幽兰 \ 21
株兰 \ 21
咏竹 \ 22
碧竹 \ 23
夜雪冬梅 \ 24
冬梅春晓 \ 24
初梅 \ 25
咏梅 \ 25
赞梅 \ 26
梅朵 \ 26

赞松 \ 27
岁寒三友 \ 27
茉莉 \ 28
茉莉花开 \ 28
月夜梨香 \ 29
秋海棠 \ 29
山谷百合 \ 30
昙花 \ 30
秋菊园（一）\ 31
秋菊园（二）\ 31
小暖阳下（一）\ 32
小暖阳下（二）\ 33
七色花 \ 34
四季花香 \ 34

出行篇

楚天游 \ 37
春园 \ 38
颐园春色 \ 38
春原 \ 39
五月春食 \ 39
夏日之堂 \ 40
夏园之宅 \ 40
夏之古堡 \ 41
秋日古堡 \ 41
秋园之宅 \ 42
玄武观荷 \ 42
赏荷 \ 43
探荷 \ 43
海德堡风情 \ 44
古堡风情 \ 44
堂前雪夜 \ 45
碧雪山情 \ 45
三峡吟 \ 46
知音 \ 46
江舟 \ 47
游长江 \ 47
东湖柳 \ 48
醉东湖 \ 48
李小婉故居 \ 49
龙潭园 \ 49
游园记 \ 50
小客农园 \ 50
香谷幽园 \ 51
彩山行（一）\ 52
彩山行（二）\ 53
雨中观瀑 \ 54
青湖春怀 \ 54
青湖垂钓 \ 55
游古罗马（一）\ 56
游古罗马（二）\ 56

天山水色 \ 57
柠檬唱晚 \ 57
泰山松 \ 58
下南山 \ 58
乡怀 \ 59
念初源 \ 60
一路 \ 60
晨光 \ 61

言志篇

一世茶园 \ 65
月夜茶香 \ 65
书香 \ 66
碧色（一）\ 66
碧色（二）\ 67
碧色（三）\ 67
碧海流（一）\ 68
碧海流（二）\ 69
壮志凌云 \ 70
鸿鹄志 \ 70
志怀酬 \ 71
六旬人生 \ 72
四季人生 \ 72
人生路 \ 73
咏雪 \ 74
云中月 \ 74
天地之道 \ 75
载舟 \ 75
赏雪 \ 76

人物篇

忆屈原 \ 79
岳飞赞 \ 79
李季兰 \ 80
兰唐 \ 80
林黛玉 \ 81
古美人 \ 81
俊香儿 \ 82
忆杨绛 \ 83

节日篇

春节独想 \ 87
元宵佳节 \ 87
清明寄思 \ 88
清明思情 \ 89
中秋佳节 \ 90
庆中秋 \ 90
中秋节（一）\ 91
中秋节（二）\ 91
情系中秋 \ 92

中秋思情 \ 92
中秋月 \ 93
卢沟晓月 \ 93
重阳节 \ 94
枫叶颂 \ 94

音乐欣赏篇

筝鹤 \ 97
筝雨 \ 97
飞雪玉花 \ 98
雨中花 \ 98
易水两岸 \ 99
琴韵莲心 \ 99
月光 \ 100
月满西楼 \ 101
韩宫旧梦 \ 101
幻音宝盒 \ 102
阴阳无极 \ 102
灯火阑珊 \ 103
临安初雨 \ 103
乱红 \ 104
神雕侠侣 \ 105

景物篇

早春二月 \ 109
三月春 \ 109
唤春行（一）\ 110
唤春行（二）\ 111
谷雨春色 \ 112
岁雪含春 \ 112
春 \ 113
春晓 \ 113
四月春意 \ 114
咏春 \ 115
夏音 \ 116
夏秀山水 \ 116
夏夜星空 \ 117
田园度夏 \ 117
夏园 \ 118
湖塘夏色 \ 118
秋韵 \ 119
秋林（一）\ 120
秋林（二）\ 120
秋音 \ 121
秋色 \ 121
秋水（一）\ 122
秋水（二）\ 123
秋舟（一）\ 124
秋舟（二）\ 124
秋收（一）\ 125
秋收（二）\ 125

秋月 \ 126
秋月白鹭 \ 126
秋日之畔 \ 127
早秋之畔 \ 127
暖秋之林 \ 128
秋之原野 \ 128
冬茶 \ 129
雪园 \ 130
雪 \ 130
初雪 \ 131
田园山色 \ 132
玉野山原 \ 132
雾山情 \ 133
天之园 \ 133
褐石山园（一）\ 134
褐石山园（二）\ 134
五月荷塘 \ 135
壁崖月 \ 136
皎月明 \ 136
亭月夜 \ 137
镜湖静心 \ 138
碧锦清湖 \ 139
观海落 \ 140
观海起 \ 141
金山麦海 \ 142
朝日（一）\ 143
朝日（二）\ 143
林溪（一）\ 144
林溪（二）\ 144
翁篮 \ 145
紫晚宁 \ 145

情怀篇

汾水情 \ 149
江中思情 \ 150
喜堂 \ 150
两相知 \ 151
长相守 \ 151
过往人生 \ 152
芬芳六旬 \ 152
燕归新巢 \ 153
故人 \ 154
秋日乡怀 \ 154
秋意 \ 155
盼 \ 156
小院 \ 157
疆场 \ 158
忆甲午 \ 159
落叶归根 \ 160
恩泽 \ 161

童　　诗

小天鹅

李娜

一池湖水映天鹅，
天鹅尾后随小鹅。
小鹅灰灰似小鸭，
小鸭长大变天鹅。

蟋蟀戏螳螂

李娜

蟋蟀肚鼓气冲天，两条金鞭竖耳边。
螳螂怒目瞪蟋蟀，举起大刀挥向天。
蟋蟀顺势一旁躲，侧目一跃跳其肩。
翻身猛咬螳螂臂，螳螂退败草丛间。

孙悟空

李娜

金猴出于水帘洞，拜师学艺须菩[1]提。
精通腾云与驾雾，七十二变在其中。
玉皇大帝招天宫，赐其官为弼马温[2]。
待其知此官太小，大闹天宫回帘洞。
招众猴孙立旌旗，自立名为孙大圣。
待此达于如来耳，将其收于股掌中。
任其筋斗翻千里，难逃如来手掌心。
待知天高地厚时，其身已压巨山石。
转瞬五百年之后，石崩山裂又逢生。
腾空出世八百里，故其又名为石猴。
头戴金箍[3]手舞棒，人人称之美猴王。
火眼金睛辨真伪，一路西行伴唐僧。
唐僧赐名孙悟空，斩妖除魔忠心耿。
历经九九次磨难，终取真经美名传。

释意：①菩（pú）。
②弼（bì）马温：养马的小官。
③箍（gū）。

哪吒

李娜

双目炯炯莲花身，
两脚蹬踏风火轮。
舞纱弄环闹东海，
哪吒闹海美名传。

葫芦娃

李娜

七色葫芦七个娃，个个神通本领大。
老大红娃首当先，身量通天力气大。
老二橙娃目千里，顺风耳朵消息灵。
老三金娃一身胆，铜头铁臂把刀斩。
老四绿娃和青娃，吐火吸水好搭档。
蓝色娃娃是老六，身形灵活把身隐。
最小七弟紫色娃，手中葫芦把妖拿。
七个葫芦一条藤，团结起来力量大。
共同除妖斩邪魔，蛇精蝎王封山下。

牧童

李娜

雨后芭蕉露晶莹，
睡莲尖头站蜻蜓。
黄牛昂首两角翘，
窗外牧童笛声鸣。

学童

郑淑清

高树碧伞阴凉处，
红鲤争食戏水出。
书声琅琅随风起，
先哲之道诵其中。

识荷家

郑淑清

春风梳柳绿，
莲藕水中发。
碧荷初颜展，
待等识荷家。

路边小花

郑淑清

一支小花溪旁栽，
阳洒露润独自开。
花匠一日溪边过，
移其园中百花开。

小鸭

郑淑清

雨后春光无限好，
荷花静卧水中笑。
鸟儿声声鸣柳翠，
小鸭随母身后行。

青梅竹马

郑淑清

青瓦吻兽飞檐屋，
明窗游廊围其中。
忽闻院内嬉笑起，
玩童骑竹绕梅丛。

小息

郑淑清

白云系山间，
小河流两边。
窗前一杯茶，
眺望山水间。

阳暖心扉

李娜

春光抚背暖，
洋意唤心扉。
树影金光衬，
步轻行云飞。

附言：我记得很清楚，那是在2015年初春的一个下午，我走在街上，春日的暖光抚摸着大地，身子顿时感觉暖洋洋的，树的影儿好似都被染透了春意，我的心扉也被这春日里的暖阳唤醒了，连脚步都变得更加轻盈了。

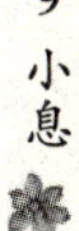

观鸿雁

郑淑清

风拂轻云比翼飞，
日照大地万物辉。
老叟[①]携孙观鸿雁，
雁飞南域年年归。

释意：① 老叟（sǒu）：老爷爷。

玉兔嫦娥

郑淑清

风清星遥皓月明，
思弦拨水叙琴音。
嫦娥挑[①]月翩翩舞，
广寒宫[②]内玉兔玲。

释意：① 挑（tiǎo）。
② 广寒宫：又名月宫，传说中月宫仙子嫦娥的居所。

花草篇

晨荷

郑淑清

一石惊破静水潭，
粉荷晨起展衣衫。
层层叶瓣披珠玉，
渔翁静坐钓鱼船。

舒荷

郑淑清

清水湖中一碧荷，
怡然其中性自得。
风拂晨荷摇珠玉，
渔歌唱晓和①清波。

释意：① 和（hè）：应和。

咏荷

郑淑清

绿水托惊容，
怡然静水中。
出泥而不染，
洁身持终生。

附言：这首诗写的是自己的母亲。姥爷给母亲取名“莲”，是因为荷泽一方水，女子之名为莲，取其品性洁，加之人们给莲以大方、淡雅、静娴的意冠。母亲的品格如荷之美、如莲之洁。在她八十五岁生日之际，我为母亲写了这首诗。

雾荷

郑淑清

远眺雾荷初醒时，
清风扶荷绕清池。
忽闻一群鸥鹭访，
久立堤岸不觉迟。

夏荷

郑淑清

晴光潋滟①丽水清，
远望芳云生碧情。
绮②丽粉红洁白玉，
疑是洛神③濯④水升。

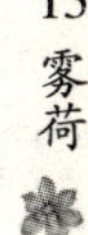

释意： ① 潋滟（liàn yàn）：形容水波荡漾。

② 绮（qǐ）：美丽。

③ 洛神：源于三国时期曹植途经洛水时为了悼念死去的甄氏而写的《洛神赋》。

④ 濯（zhuó）：明亮，美丽。

月下秋荷

李娜

秋风晓月影，独照月下荷。
双荷乘风起，舞跹[①]依碧波。
荷色沁月盈，静闻秋波音。
金舟浮目过，濯香情依留。

释意：①跹（xiān）：飘逸飞舞貌，常用以形容轻盈的舞姿。

晓月秋荷

李娜

秋风采月照双荷，月影独映依碧波。
一片墨碧乘风起，静荷粉衣超芙脱。
荷风月色夜伴晚，四境俱寂赏清波。
金舟浮目独消过，荷香漫月逐光流。

九月荷

郑淑清

月照荷塘九月天，双荷月下映佳颜。
碧波粉荷倾天目，月赐神韵醉嫦娥。
不与百花争容美，唯爱伴月吟秋波。
今宵月下情未尽，隔岸方觉荷濯濯[①]。

释意：①濯（zhuó）：明亮，美丽。

畅荷吟

郑淑清

晨晖秋水倾碧颜，荷生此时恨夏短。
无声细雨催怅泪，鹭离寒塘渡影怜。
常有荷喧畅风雨，落鸿[①]之处画入莲。
虽无顾影风荷处，此时塘泥孕子[②]出。

释意：①鸿：此处指鸿雁。
②子：这里指莲藕。

绘畅荷

郑淑清

暮晖秋霞倾碧颜，虹鳟戏水惊落雁。
塘鱼出水吟秋歌，点点珠玑[①]落玉盘。
常有竹喧秋风伴，画女着意绘畅荷。
笔墨荡尽秋荷泪，终得莲藕塘泥出。

释意：①珠玑（jī）：圆润的珍珠。

兰韵

郑淑清

月上楼栏，亭息落雁，闻泉水绕竹潺潺。
寒扉难锁，幽兰柔韵，又何须慕寻别芳。
秋霜染园，玉瓣陨落，更谁院箫声瑟瑟，愁肠平添。
心意冷时，一株静兰，含苞欲展，任愁肠悄然消色。
回眸暖檐下，幽兰带露，月色着衣，韵更显斑斓。

兰草

郑淑清

静窗释暑热，
皓月添思怀。
不知何为幽，
兰草香入怀。

幽谷青兰

郑淑清

幽兰素颜依半坡，
晨阳拂衣春意和。
怡然玉立去雕饰，
悠然心境自然得。

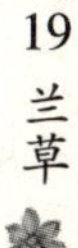

悠兰

郑淑清

婷兰静开依半坡，
兰谷芬芳幽自得。
俏笑园中百花艳，
香泌君心墨中得。

月下悠兰

郑淑清

悠兰一枝伴坡依，
柔洁清丽浑天意。
回眸怜望天色晚，
月露着衣更斑斓。

园中幽兰

郑淑清

径深雾绕竹，
清香溢园出。
芳容虽未见，
幽兰韵意出。

株兰

郑淑清

寒门难锁芳菲韵，
君子独爱储香存。
亲亲惹念莫能望，
幽幽兰草一生情。

咏竹

李娜

秋风染劲竹，竹笋参天碧。
叶竹比雨下，层节升碧崖。
立品类昆山，气脾照天云。
冬日胜腊梅，百植竹为先。

碧竹

李娜

秋风尽染碧竹林，竹节叠碧耸高云。
层林绘叶瀑碧影，唯见碧口瓮天晴。
四季常碧为竹品，内通外直镌[①]脾节。
冬日腊梅胜雪出，百植碧竹更过筹[②]。

释意： ① 镌（juān）：雕刻。
② 更过筹：更胜一筹。

附言： 从不同的视角观看竹林，会带给人们不同的美感。当你看到远处的一片竹林在秋风中不停摇曳的时候，观察到的美肯定会不同于这首诗，因为此诗所描写的竹之美是我在仰视竹林的过程中所欣赏到的。当从下往上观察竹林时，竹子上很多的叶子就如同翠碧色的雨滴掉下来绘成的瀑布一样，而一节一节的竹子叠升耸入高云的壮美景象也只有在仰视角才能够欣赏到。另外，竹子所表现出的高贵品行不亚于冬日里朵朵盛开的梅花。

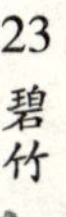

夜雪冬梅

李娜

梅开时节万花枯，
银光满天谁与争。
冰雪欲摧她欲绽，
雪夜月下亦辉颜。

冬梅春晓

郑淑清

欲见春来寒雪急，
独立冬园香四溢。
一枝独俏柴檐下，
惹来归燕衔[1]春泥。

释意：① 衔（xián）：指动物用口叼着。

初梅

李娜

雪过迎春报春来，
夏日蝶舞百花开。
秋季海棠喜人目，
唯有腊月梅朵摘。

咏梅

李娜

冬梅正气傲骨生，
严冬难挡枝展争。
风雪作衣寒中笑，
一展红钗①绽云霄。

释意：① 钗（chāi）：妇女发髻上的一种首饰。

赞梅

李娜

风吹竹叶欲折腰，
婷兰幽香味久飘。
菊花含笑秋风烈，
梅花傲骨最娇娆。

梅朵

李娜

萧萧风声掠耳边，
劲风摧雪舞翩跹[①]。
园中万朵花已落，
独有梅朵绽开颜。

释意：① 跹（xiān）：飘逸飞舞貌，常用以形容轻盈的舞姿。

赞松

李娜

昙花虽美一现枯，
杏朵争艳最先出。
玉竹摇曳红墙外，
最美青松傲骨铮。

岁寒三友①

郑淑清

梅绽冰雪笑，
竹戏凛风寒。
寸雪压竹身不断，
逆风摧颜节自持。
松屹山巅众山小，
岁寒三友万世传。
欲目天外人间雪，
初阳暖世万物鲜。

释意：① 岁寒三友：这里指梅、竹、松。

茉莉

郑淑清

夜深月明篱墙外，
凝香随意袭人来。
随风逐香院东角，
一株茉莉悄然开。

茉莉花开

李娜

鸣雁南飞尽，秋风伴叶黄。
逆风摧颜烈，寒枝叶空长。
牡丹寻何处，谁花篱前香？
不做花冠堂前贵，唯爱茉莉执手香。

月夜梨香

郑淑清

风荷伴舟两相依，
辰星扶月水中移。
暗香隔院独投处，
梨园春晓渡雁鸣。

秋海棠

郑淑清

香奇百花浓，果硕深秋中。
千树叶待尽，唯见海棠红。
秋风摧颜面，樱红倾世间。
年年红此时，意浓醉万千。

山谷百合

李娜

鸟语静思情，
山谷荡泉音。
青竹碧岩下，
一株百合花。

昙花

郑淑清

月下天仙貌，人间独一枝。
清风馥[1]诗韵，香留动众心。
洁白如透玉，贵颜无媚姿。
不与百花争，夜月独自持。

释意：①馥（fù）：香，香气。

秋菊园（一）

李娜

秋雨漫菊明，和[1]风和[2]瓣吟。
滴声落作客，唤化萌生情。
遥处一片菊，冷砚识吾意。
待临秋梦时，百里识菊香。

释意： ① 和（hé）风：和煦的风儿。
② 和（hè）瓣：随着花瓣。

秋菊园（二）

李娜

秋雨漫物丝思明，滴作萌声落瓣吟。
心息云栖暖檐下，烛眉冷砚[1]系风情。
举目望去一片菊，和风摇曳解秋意。
待渡秋蒙寻梦时，百里秋色菊园明。

释意： ① 冷砚（yàn）：此处指文房四宝中的砚台。

小暖阳下（一）

李娜

和煦暖阳下，点点柔晕来。
橙蓝紫粉黛[①]，清丽俏颜开。
芳香漫四围，纷彩若点飞。
身在此园中，目不再别睽[②]。

释意：① 粉黛（dài）：指美女。
② 睽（kuí）：此处指观看。

附言：诗中最后一句“目不再别睽”的成文灵感则语出成语“目不睽园”，源于典故汉代董仲舒专心治学，三年都无暇观看花园中的美丽景致。而此句中的“睽”字则正好相反地描写出因花园的美丽而无暇再顾及别地的感慨之情。

小暖阳下（二）

李娜

和煦小阳，暖雅温情。
晕晕点点，似然小寐[①]。
天微淡蓝，渗映柔光。
无风之时，更是素美。
目窥其下，小花众开。
蓝粉橙紫，纹嵌青尾。
枝挺颊俏，娉婷[②]丽缀。
轻盈逸飘，彩点飞飞。
明香扑溢，盛似汀兰[③]。
随意四散，竟是芬芳。
身游此境，一生之幸。
故叙小笔，述以美歌。

释意： ① 寐（mèi）：睡，睡着。
② 娉婷（pīng tíng）：形容女子姿态美好的样子。
③ 汀（tīng）兰：此处指岸上的兰草。

附言： 这首小诗的背景其实很简单，描写的就是花园中一片彩色斑斓的小花夹杂着阿罗汉草（别名：狗尾巴草）在阳光的照耀下，和风微摇的美丽景色。其中“纹嵌青尾”中的“青尾”意指阿罗汉草。

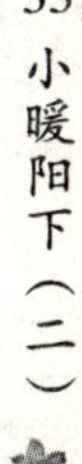

七色花

李娜

彩瓣和颜含风笑，
叶裹露滴俏轻摇。
碧影七色几枝立，
雨夜一过更娇娆。

四季花香

李娜

春季桃花映日红，
夏日百花吐艳争。
秋深海棠红霜日，
腊梅雪中最峥嵘。

出行篇

楚天游

郑淑清

今识故里如旧梦，九峰淌碧注青天。
水睆[1]东湖映浣[2]女，乘夏初觉暑微澜。
忆归盛莲秋塘早，采莲不成识菱角[3]。
楚天抬袖拂风起，今回高栏低眉琴。

释意：①睆（huàn）：明亮，美丽。
②浣（huàn）：洗。
③菱角：是一年生草本水生植物菱的果实，菱角皮脆肉美，可蒸煮后剥壳食用。

附言：回忆我第一次到武汉游东湖的情形就如同昨日，对于我这个生长在北方的十四岁女孩，南方楚地的异地景色使我有生以来第一次领悟到了南国之美。"湖水清澈，碧透如玉，柳岸花明处秋荷吟唱"，真是如诗如画。记得，当时有两个与我年龄相仿的女孩在湖边的浅水处浣洗衣裳，生长在湖水中的一种植物引起了我的注意，深棕色，带着尖尖的棱角。在与浣纱女孩的攀谈中，得知了它的名字叫"菱角"。也许是命运的安排，我的先生也是来自于这座美丽的江城。五十年后的初夏，我同家人去扫墓的地方"九峰山"，恰巧路过东湖。突然间，告诉我什么是菱角的浣纱女仿佛又跃然眼前，不觉有"抬袖清风，高栏抚琴"的遐想，有感而发，写下了这首楚天游。

春园

李娜

春水漫碧流，鸟啼山明秀。
金花逐坡灿，松山木水青。
阳撒目惺忪[1]，草锦绣春园。
鱼跃千层浪，鹏翔万里程。

释意：① 惺忪（xīng sōng）：形容在阳光下睡意蒙胧的眼神。

颐园春色

郑淑清

日出千山鸟未觉，春息含翠复一归。
远上颐园登御顶[1]，如烟杏花缕缕白。
晓渡昆明[2]作客旅，水送畔柳淡入怀。
知春何须问杨柳，二月春华自会来。

释意：① 御顶：颐和园、万寿山上的建筑。
② 昆明：这里指昆明湖。

春原

郑淑清

白驹驰原万马啸，
跃马汗血[1]英姿豪。
春风又扶枯草绿，
点点灯火照蒙包。

释意: ①汗血：汗血宝马，学名阿哈尔捷金马，原产于土库曼斯坦。

五月春食

李娜

冬日环湖[1]独步行，寻此妙处甚心盈。
碧水林踪兔仙隐，红椅灶[2]壁岸上亭。
冬逝春漫又五月，柳岸青芽雕木新。
碧水终盼环山绿，灶起炊烟袅春食。

释意: ① 湖：德国的瓦尔登堡湖。
② 灶：湖边供游客烧烤的炉灶。

夏日之堂

李娜

路伴晨光镀，鸟鸣耳目新。
夏树径旁倚，木窗小花迎。
虫蜚[①]细声起，玫瑰盛堂出。
此时钟声响，方晓非梦境。

释意： ① 蜚（fēi）：此处指夏日的小飞虫。

夏园之宅

李娜

丛木半掩白荷婷，小椅木桌台阁清。
微风掠过门前径，叶抖声作沙沙鸣。
柴梯蓝瓮[①]屋外落，鸟儿啼鸣和[②]油灯。
山岭望林穿台榭，玉叶透比小亭悠。

释意： ① 瓮（wèng）：一种盛水或酒的陶器。
② 和（hè）。

夏之古堡

李娜

玫瑰映堡邸[①]，苍柏藤壁青。
雕狮石盘踞，泉涌浸色声。
廊中古门显，绿木灌庭延。
俯瞰识高点，欲目苍鹰翔。

释意：① 邸（dǐ）：这里引用为古堡宫邸。

秋日古堡[①]

李娜

秋临叶落宿，碧空生鸟稀。
满坡逐金篱，木叶古桐栖。
金木呈古壁，丘远山林依。
夕阳拂木倚，渐入秋声息。

释意：① 古堡：德国的瓦尔登堡。

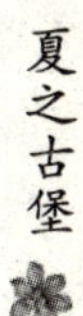

秋园之宅

李娜

荷塘处秋色，叶明水木深。
木栏植黄叶，地落秋霜怡。
枝木雕彩碧，白蓉[1]掩秋池。
台椅木宅处，清秋亮目明。

释意：①白蓉：这里指湖边的一种白色芦苇状的植物。

玄武观荷

郑淑清

静水湖畔百花艳，
粉荷初开展丽颜。
轻轻一阵风儿起，
心随其舞意难眠。

赏荷

郑淑清

月盈秋水荷塘浸，红藕香莲袭客宿。
蛙鸣伴舟蓬深处，轻纱渺渺裹夜露。
轻挑荷叶谁出水，吻岸一跃瓮篮入。
一曲元歌伴月吟，鹭栖塘桥赏风荷。

探荷

郑淑清

雾尽晨阳明，清晨鹭站滩。
撑篙离泊亭，故友笑声谈。
悦目荷深处，粉白竞色殊。
裙沾荷香溢，芬芳花自舒。
归舟伴畅雨，篙杆入水急。
渔歌劲唱晚，翁篮满塘鱼。
斜阳情未尽，荷色浸月衣。
滴酒未沾樽，情至杯已甘。

海德堡风情

李娜

天山云悠似悠移，桥落水上水天起。
横雕兽吻塑古堡，碧水浮舟载风情。
山环水清天云绣，群鸟齐鸣无境寻。
古堡情怀畅未尽，待到盛夏再亲临。

古堡①风情

李娜

高天云下万山绵，山云万色绘千颜。
木逢春临喜色聚，黄金②点地漫野连。
今城尤唤古城曲，皓月载日塑瓦间。
故事惑之久已矣，今登高台解谜签③。

释意： ① 古堡：德国的瓦尔登堡。
② 黄金：黄色的小花。
③ 迷签：内心中的疑惑。

堂前雪夜

李娜

空夜一星稀，望松月清衣。
长空夜未尽，雪寐[1]静无息。
木落白一色，饮雪枝霜怡。
碧雪晴空静，堂前夜月明。

释意： ① 寐（mèi）：睡，睡着。

碧雪山情

李娜

长空万刃[1]碧雪明，和风满野依波情。
小客意店[2]清茶淡，鸟儿无惧与客餐。
枯木盛花植檐下，手捧金橙登子楼。
欲目千里皆春色，阔海帆直驶一生。

释意： ① 刃（rèn）：这里形容雪山的山形非常锋利。
② 意店：意大利小餐馆。

三峡吟

郑淑清

大江奔流日不息，
白浪滚滚与霞齐。
鸥鸟击涛振翅舞，
江号激昂逆水袭。

知音

郑淑清

春雨纷纷落碧江[①]，江帆点点画中舫[②]。
远闻诗吟逐波起，一叶江舟逝远方。
知音乘鹤归旧处，高山流水释琴台[③]。
抬手心韵息细雨，弦落清江明月还。

释意：① 江：此处指长江。
② 舫（fǎng）：小船。
③ 琴台：这里指古琴台，知音的故里，俞伯牙与钟子期成就一段千古佳话的地方。

江舟

郑淑清

江水湍急两壁削，
枫江悬壁展枝翅。
白云随浪滚滚去，
一叶江舟碧空摇。

游长江

郑淑清

日出宇恢宏，雁鸣荡山中。
翠碧逐叠势，乘流贯西东。
出峡见景异，远闻丝竹声。
纵目极处远，鹤逝高云中。

东湖柳

郑淑清

纤纤柳丝绿成烟，
碧水春荷极目远。
春风扶柳掀丝起，
不负此行到楚南。

醉东湖

李娜

春风三月暖，暮色东湖独好，望眼千瓣红桃，意醉九霄。
红桥碧柳处，湖中树影婀娜，彩灯千娇迷目，酒过三巡。
梦中乘风登塔，畅饮楼阁珠帘，目尽依栏处，喝诗东湖。

李小婉故居

郑淑清

正堂门外红灯悬，
石狮端坐朱门前。
乌巷琴声犹在耳，
素衣蚕眉跃目前。

龙潭园

李娜

碧潭深水墨岩下，
四面青石假山环。
老翁垂钓坐其上，
铮铮琵琶远亭传。

游园记

李娜

高藤古木参天碧，木灌泉清绕林溪。
栗树戴晕腾古壁，木架扶依小青苹。
古龙水处繁花溢，园[①]清林秀佳御衣。
远处钟声伏耳起，怡园帝景肃香林。

释意：①园：指德国南部城市里的皇家御用花园。

小客农园

李娜

今路巧遇舍农园，木屋小塔映眼帘。
红瓦白墙木间砌[①]，柴槁[②]门庭堆过人。
木栏舍内闻鸡鸣，长椅树下尤犬吠[③]。
中有小站歇客脚，疑是桃花世外园。

释意：①砌（qì）。
②柴槁（gǎo）：这里指柴火堆。
③吠（fèi）：狗叫。

香谷幽园

郑淑清

海棠樱红处，篱旁伴菊香。
枫红西山远，谷幽闻琴泉。
晨清离家早，踏秋红楼院。
荡荡飞瀑中，似闻珠玑声。
笺[1]香漫墨韵，一笔书千年。

释意：①笺（jiān）：小幅的纸。

附言：2016年深秋，我和丈夫去香山植物园踏秋。樱桃沟流水潺潺，山顶上有红楼梦书社。泉水的源头，绿林深处，野花簇簇，不语胜千言，静美怡人。于是写下这首《香谷幽园》。

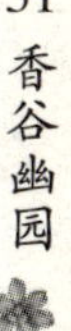

彩山行（一）

李娜

彩山游水，青砂对望。
天明水亮，云影双行。
砂中藏金，山中匿[1]宝。
此时出巡，闲暇亦好。

释意：①匿（nì）：隐藏。

彩山行（二）

李娜

彩山行游水，青砂瞰对望。
天明水亮处，云影对双行。
砂中自带金，山中携宝玉。
此时踏青巡，闲暇似玑珠[①]。

释意：①玑（jī）珠：珍珠，是汉语词汇，解释为说话、文章的词句十分优美。

附言：在春天散漫的季节，外出踏青时，最美的景色莫过于看到绵延的山脉倒映在清澈的水面上，随着你的脚步，形成“山水同行，云双影对”的山川美景，而这首外出踏青的小诗则恰恰描写出了这类景色带给我的美好回忆和无限遐思。

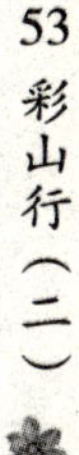

雨中观瀑

郑淑清

惊魂电闪雷鸣鼓，
大雨滂沱自天宫。
青龙翻转直岩下，
浪卷飞花似游龙。

青湖春怀

李娜

云喝鹰翔伴日出，晨光似瀑洒青湖[①]。
一曲轻歌渡鸣雁，直入春怀天际游。
鸿雁传书寄父语，勤耕之处麦香浓。
汗落禾起又双载，五谷丰油酒意登。

释意：① 湖：此处指意大利的干达湖。

青湖垂钓

郑淑清

青疏逐坡绿，兰草簇簇开。
鸥鹤齐云舞，天朗气舒怀。
绿水泛清波，鱼戏池水欢。
水深凭鱼跃，忽而入翁篮。
碧波天地接，欲目尽无界。
阳斜西边红，林衣渐墨深。
花草欲迷目，鸥鹤已归远。
已近晖阳落，不倦归途返。

附言：2014年的2月2日是大年初二，我随着家人去武汉的郊外钓鱼。钓鱼的地点很幽静且周围有茂密的树林围绕，十几个鱼塘连成一片水域，波光粼粼，不时还能够看见鲢鱼银色的身影跃水而出。油菜花儿的鲜黄色格外显眼，墨绿的林子加上争抢鱼食的塘鱼不停地跃出水面而发出的扑通扑通的响声，真是鱼翔浅底竞自由，多年没有和大自然如此亲近的感觉了。晴朗的天空，朴实的风情，菜蔬夹杂着泥土的香气，白鹭临水，暖阳拂面，望着那碧色盈水和被不同种类的鱼装得满满的竹篮真是让人流连忘返，下午天色渐渐暗了下来，但仍然是归途不觉困倦。

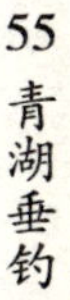

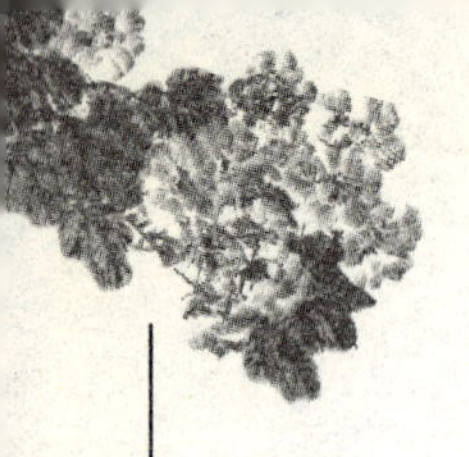

游古罗马（一）

郑淑清

欲目千帆过，浪击绝壁削。
风染万山绿，松山云系腰。
日出离浅水，霞落宿古罗。
阅过人间景，仰目赞天高。

游古罗马（二）

郑淑清

千山悦目一日消，浪拍绝壁天涯峭。
春染万山一色绿，天高白云系松腰。
日出天湖离浅水，明月清照宿古罗。
女儿笑脸莹心悦，仰目日日赞天高。

天山水色

李娜

白鹅轻石渡水吟，雾远淡瞰晓春临。
浮沙浅水溪石砚，山远天云雅诗宁。
一粼青波逐间起，悠悠欲现水中灵。
湖山雅兴情未尽，待到天明再抒音。

柠檬[①]唱晚

李娜

海波随心浪奔遥，山披雪衣较天高。
远瞰帆驰伴舵音，近临天伞飞空翔。
远处方晓青岸绿，近目更是秀景明。
石木晨辉衬山水，碧波远近和[②]方舟。
古罗落幕霞晖晚，鸟鸣更显此境仙。

释意：① 柠檬：此处指意大利的 Limone 岛。
② 和（hè）：随着。

泰山松

郑淑清

身临泰岳云自低，
松植崖上云莫及。
苍鹰破云与松舞，
松傲峭壁展雄奇。

下南山

李娜

石高风轻白峡滩，
手携青篮下南山。
远瞰[1]碧屏连天地，
袅袅炊烟同檐欢。

释意：① 瞰（kàn）：眺望。

乡怀

郑淑清

天晚月钩明，风拂月桂裛[1]。
亭上栖白鹭，石鸣细泉回。
今别龟山雁，明登塞北城。
江南风景异，藤修家园好。

释意：①桂裛（yì）；桂花香气。

附言：2014年秋，我和先生回到了武汉他父母亲的家，一个军事学院所在地的干休所。此处的风景十分优美，可谓“亭栖落雁，石鸣细泉”。傍晚坐在凉亭的条凳上，抬头望见明月如钩，细听泉水潺潺，体味着从不远处飘来的阵阵淡淡的桂花香气，不觉自己已醉在其中了。南方的风景固然是很美，但北京古都的风情和自家庭院里的菊香此时更增添了几分对家的想念。

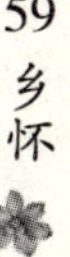

念初源

郑淑清

惊涛临青磐，蜿蜒出蜀天。
青峦颜倒影，和煦碧如烟。
顺流峦峰近，逆水江号传。
破浪飞峡远，入楚晓初源。

一路

李娜

轻悦一路鸟唱鸣，雾散阳明伴初晴。
碧水沿途叙春语，青芽拂木和[1]芳馨[2]。
花语随心尽春色，沿溪处处柳作篱。
依木彩絮芬芳浸，春蒙酒意润谷丰。

释意：① 和（hè）：应和。
② 馨（xīn）：散布很远的香气。

晨光

李娜

阳明柳岸青，海天讴歌晴。
方舟载晨韵，初光抒悦音。
柏合依山曳，天高海阔明。
昨日疑无路，今晨绘新景。

言志篇

一世茶园

郑淑清

一杯浊酒添欲满，
两盏清茶淡世出。
高风门前无浅草，
亮节不入俗家门。

月夜茶香

郑淑清

风卷细雨临西窗，
红烛燃半月苍茫。
岁月难挡终生志，
化入清茶一品香。

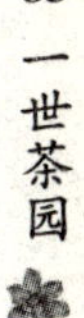

书香

李娜

笛声悦耳沁心弦，
窗明星稀红烛鲜。
心悬千古风云事，
伏案勤读越万年。

碧色（一）

李娜

碧海天明高，草野漫云梢。
苍茫云畅海，远山众谷雕。
千山横万草，满野绿碧娇。
镜中出俏碧，何愁情难消。

碧色（二）

李娜

碧阔天高俏云梢，步漫满野绿碧娇。
镜中碧玉情荡谷，千山万草漫野雕。
烟云绿野遍山浸，地阔云稀倚青消。
纵使山云万海枯，碧海天际灵贵高。

碧色（三）

李娜

碧阔天，绿满野，地广云稀，望川碧中玉。
漫步情，何愁消，绿野烟云，草绿明碧娇。
苍茫云，情畅海，远山和谷，海木荡云梢。
千山横，万草生，纵然海枯，我灵依贵高。

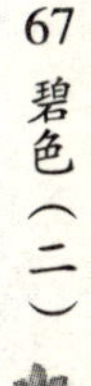

碧海流（一）

李娜

层林叠起，碧海空流。
绿波飘摇，随风欲逍。
天海地坪，纵横相接。
深浅各异，碧色不一。
百年一木，枝阔叶展。
依坪而起，宛如丽伞。
牛儿悠闲，卧行其间。
微风拂起，欣然作歌。

碧海流（二）

李娜

天高地极处，层林碧海流。
绿波随风摆，飘摇几时休。
十年成一木，百年方树人。
待渡何载月，树海碧空流。
已然木成海，不过一现间。
天地桑海转，又更奈何人。
风乃随性物，行游人世间。
不待风止时，定意乘天路。

附言：一天偶然看到了一副非常美丽的风景图，满目尽是“树木成海，倒挂碧空”的群山美景。再想到那句成语“沧海桑田”，不由得感叹人的一生和大自然相比何其短暂。灵感一现，幸而写成了这两首言志诗。

壮志凌云

李娜

远处小山袅烟娆，
雾蒙山高任逍遥。
苍鹰展翅冲天外，
壮志凌云势不消。

鸿鹄志

李娜

人观花落怜玉瓣，
因思此时客他乡。
转念鸿鹄南迁苦，
雄心励志何来愁。

志怀酬

郑淑清

轻纱柔月洒，狐毫掌中悬。
红烛燃中释，书案纵情驰。
二月情怀[1]舒盛世，高希明论述帝权[2]。
纵横司马史千秋，心舒连年见盛华。
夜深月姣好，清照[3]独伤处。
少年怀志仍未酬，已是白发尽染头。
何时红莲秋待尽，期至塘泥孕子[4]出。

释意：①词中的“二月情怀”指的是作家凌解放所著描述清王朝康熙、雍正、乾隆三朝盛世的小说。

②词中“高希明论述帝权”中的高希指作家高希希。

③清照：在这首词中指宋代著名词人李清照。她在《一剪梅》中有“红藕香残玉簟秋”的著名词句，用以表达思念的伤怀。

④塘泥孕子：指藕是莲的果实。词中有自己对白发尽染头伤怀的同时，也有对塘泥孕子出，用自己不懈的努力最终实现少年壮志理想的期待。

六旬人生

郑淑清

夕有成吉驱骏马，
今有汉女奋扬鞭。
愿为人生击奋鼓，
六旬开外胜健郎。

四季人生

郑淑清

寒扉不拒春风入，雪打寒梅绽枝头。
纵览四季春秋卷，心悦乾坤夏冬秋。
堂前坐看窗前雪，南国已是春打头。
人生四季皆是歌，极目风帆无难愁。

人生路

郑淑清

笔落诗文出，
意行年月故。
四十七年云与月，镌[①]刻人生路。
无悔自当初。
逆风侍傲骨，
一处香林，
花盈寒谷深处。
笑对冰崖，雪急风促。
回首望，
寒梅俏出，今日陶公常驻足，
香飘处处。

释意：①镌（juān）：雕刻。

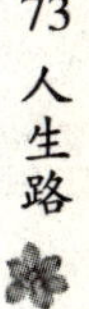

咏雪

郑淑清

悦目千里浴飘白，
倾天飘落尘自哀。
高洁不与污为伍，
天畅人间清照怀。

云中月

郑淑清

清风明月息云中，泉落浅珠响叮咚。
抬眸远眺今宵月，此时乡思意正浓。
清清白白一世情，心洁如月似碧空。
忠心义胆天可见，一片丹心照此生。

天地之道

李娜

海阔天高帆飞尽，
遥空碧云日辉明。
此时方醒天地道，
无际天涯任鸟飞。

载舟

郑淑清

月隐西边露临窗，晨阳洒金镀叶黄。
片片秋叶知寒意，落水成舟韵秋光。
轻舟悦渡四季水，厚德载物育海量。

赏雪

郑淑清

北京冬雪漫燕城，欲目千里惯西东。
蜿蜒起伏绵万里，长城不倒九州同。
中华儿女多智慧，承继先哲治国精。
不忘仁德疏瘀阻，立志永固耀祖宗。
立冬节气今时起，今朝赏雪情不同。

人物篇

忆屈原

郑淑清

一壁江山半壁残，
汨江[1]空吟楚国还。
望断清江东流水，
舍身忠魂永世传。

释意： ① 汨（mì）江：此处指汨罗江，位于东周—春秋战国时期的楚国。

岳飞赞

郑淑清

岳公飞戟[1]翻云舞，
白驹驰骋战金辽。
英豪呐喊啸天外，
精忠报国赤子怀。

释意： ① 戟（jǐ）：古兵器的一种，长杆头上附有月牙状的利刃。

李季兰

郑淑清

梦沾月露窗前，香染罗裙紫烟。
已是风高珠帘暗，谁人怜月孤单。
兴已致，情未断，滴红点点似梅绽。
月明檐下，花卧堂前，季兰幽处，却清冷彻寒。
高杯，月影，人单。空案香笺予谁添？
孤灯香残，叹世虚繁。

兰①唐②

郑淑清

箫起秋风伴夜凉，菊香冷露蝉鸣苍。
灯前夜度残香尽，月伴竹影落西墙。
唐婉悲吟襟前泪，又溅禅堂季兰窗。
旧朝才女多悲事，嵌入诗文留暗香。

释意： ①兰：李季兰，唐朝女诗人，才女，李季兰、唐婉同为才女，在婚姻方面同为悲剧人物。

②唐：指唐婉，南宋著名词人，才女其代表作《钗头凤，世情薄》。

林黛玉

郑淑清

一梦红楼半世哀，
清塘怜影渡雁哀。
桃花树下葬花女，
悲吟之处动地哀。

古美人

李娜

晨起日出明，
窗前醒人目。
倩女境前展云篦[1]，
着起金簪[2]落玉头。
朱花碧玉凤头钗[3]，
惊容来得几时修？

释义：① 篦（bì）：齿很密的梳头用具。
② 簪（zān）：古时用来别住头发的一种发饰。
③ 钗（chāi）：妇女发髻上的一种首饰。

俊香儿

郑淑清

轻步流香漫诗书，
茉莉两鬓帖俏容。
溪水滴翠千岩下，
留得芳案韵玉珠。

附言： 茉莉花是女儿最喜爱的花卉之一，她曾写过这样一句诗：“明月篱墙处，茉莉执手香”。十月一日是国庆节，这天恰巧也是女儿的生日。夜深人静，因想念远在欧洲留学的女儿，无法入睡，随即来到自家的小花园里，见“明月疏朗，花好月圆”，不由得回忆起小时的女儿头上扎着两条小辫子，一边还插着一朵小花的样子。这时，一首小诗悦然灵巧地跳出了脑海，因怕忘记了，赶忙拿起纸笔将这首诗记录了下来，并起名为“俊香儿”。

忆杨绛

郑淑清

一世百年储香留，
淡世风韵富春秋。
终生慧绣文章锦，
品高之处暗香留。

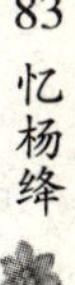

节日篇

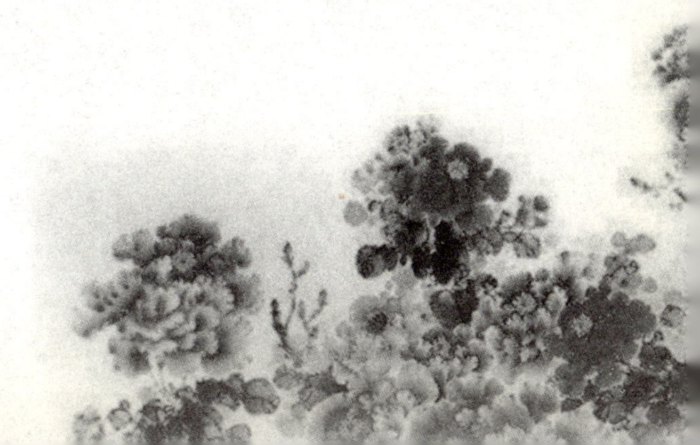

春节独想

郑淑清

鸿雁寻归途，冬原渐欲苏。
和风醺欲醉，春时在明初。
国泰民安居，家和万事兴。
心阔神自在，来年更峥嵘。

元宵佳节

郑淑清

冰雪清肌卖街头，人似长龙待尽头。
圆圆滚滚出沸水，入口如蜜甜心头。
童叟欢颜赞不绝，人人盼望月当头。
一年一度庆元宵，平安喜乐无尽头。

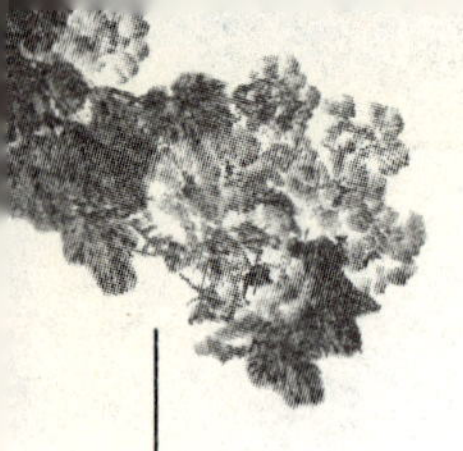

清明寄思

郑淑清

风起燕山自呜咽，清明化雨泪垂帘。
云落青山情常在，白鹤赠羽书思怀。
日暮寒山蕨菜①嫩，绿白②浅出路边泉。
一抹夕阳渡心暖，已是归舟落白滩。

释意：① 蕨（jué）菜：蕨科蕨属蕨类植物。
② 绿白：分别指野菜的叶子和根茎。

清明思情

郑淑清

轻风扶草，一家庭院春早。
昨夜霜息处，今日燕作巢，
红了一枝春桃。
柳烟悠起，
牧童丝竹曲，润出了思念缕缕。
情丝无不处，
轻烟飘渺处，
盼家暖人和处处。

附言： 天乍暖，燕归巢，窗前红了一枝春桃。清明节刚刚过去，但对已故亲人的思念仍是无处不在。相信他们在烟雨蒙渺之处也同样会盼望我们家庭和睦、幸福美满。

中秋佳节

郑淑清

月下秋风绕东篱，十里长街盈秋意。
秋风再渡北京城，雁飞月下字排一。
月满饼圆人欢喜，十五聚首家团聚。
中秋佳节高举杯，菊香处处胜桂饴[①]。

释意：①饴（yí）：此处指桂花的香气。

庆中秋

李娜

皓空秋月十五圆，万户庭前红灯悬。
童叟[①]举杯庆中秋，月圆饼酥格外甜。
月照高轩轻箫起，远处琴筝和[②]知己。
听闻筝箫音韵尽，仿佛羿娥[③]人间还。
桂树花香侍明月，玉兔月影当空悬。
今朝明月今朝醉，手把金樽[④]知为谁。

释意：①叟（sǒu）：老人的尊称。
②和（hè）：应和。
③羿（yì）娥：这里指后羿和嫦娥。
④樽（zūn）：酒杯。

中秋节（一）

郑淑清

八月中秋月儿圆，
饼圆如月桌上全。
全家聚首团圆宴，
圆圆满满又一年。

中秋节（二）

李娜

明月当空十五圆，万盏红灯庭外悬。
秋月映杯贺明月，月圆饼酥格外甜。
莫忘父母年老迈，年年携子赴家宴。
童叟举杯再聚首，秋月情长杯已甘。

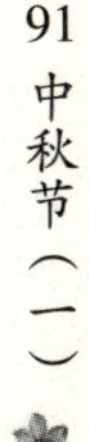

情系中秋

郑淑清

茶值春时好，
月是中秋明。
思深动秋水，
家和万事兴。

中秋思情

李娜

月凝白露地撒霜，夜深时分皎月朗。
蝉息高树赞明月，花睡窗前夜留香。
轻风堂前入，
辗转夜难眠。
清酒一杯将入口，
不觉思念上心头。
祝福满金樽，
两眼相思泪。
同在明月下，
千里共举杯。

中秋月

郑淑清

叶落秋分始正凉，菊卧窗前醉秋光。
一年一度秋风劲，十五秋月殊别样。
纤纤秋燕南飞尽，片片思绪入秋常。
淡淡清茶秋窗饮，数载同窗吟秋芳。

卢沟晓月

郑淑清

皓月当空十五圆，
卢沟晓月伴秋澜。
弦拔湖水邀唐女，
掩面琵琶曲不同。

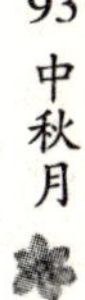

重阳节

郑淑清

华光似瀑倾世流，秋浓深处菊花疏。
霜风似火染碧水，九九重阳登高处。
举目送别归雁远，低首再顾杯香处。
风梳鹤发逝岁月，岁岁年年殊不同。

枫叶颂

郑淑清

远山欲目尽染秋，
霜枫似火映山红。
情怀尽染终生志，
化作红泥寄来生。

附言：重阳寄思，献给为中国的解放事业献身的前辈们。

音乐欣赏篇

筝鹤

郑淑清

古筝声声扣心弦，
行云似水流指尖。
轻轻一只秋鹤起，
鹤携弦音舞云间。

筝雨

李娜

风云涌动漫天舞，
线连天珠落玉盘。
大珠落罢小珠起，
似如古筝润玉珠。

附言：记得那是一个周末的晚上，我的一位好友在聚会上用古筝演奏了一首曲子。随着韵律在指尖的拔挑间上下起伏，一幅雨中观荷的画面已活脱脱地被勾画了出来。

飞雪玉花

李娜

珠透月帘月明圆，
窗外飞雪玉飘弦。
萧声声兮萧兮兮，
溪溪箫箫几时圆。

附言：听《秦时明月—飞雪玉花》有感。

雨中花

郑淑清

伞花落碎雨，归燕喜旧梁。
越桑如烟绿，苏桥议蚕商。
闺裳蝉翼薄，入目蝶花香。
轻轻云裳起，街巷留芬芳。

附言：观舞蹈欣赏有感。

易水两岸

李娜

清水流过小亭前，
静意思空雨茫悬。
霜下花叶低语吟，
再度清风晓春眠。

附言：听《秦时明月—易水两岸》有感。

琴韵莲心

李娜

莲藕丝心贯韵出，
翠蜓合碧琴抚舒。
滴滴点立晶莹处，
丝丝扣心律音拂。

附言：听《秦时明月—琴韵莲心》有感。

月光

李娜

月儿轻悄雨漫消，
寒宫仙子欲垂腰。
情长长空空月照，
云梦思忧意远遥。

附言：听《秦时明月—月光》有感。乐曲大致描写的是在一个雨滴轻漫漫的夜晚，一个有情人“高处独对月，忧思忆远人”的情怀引得月宫仙子很是好奇，竟想要看一看是哪位人间有情郎的思挂之情达到了“皓空之月，云靖之端”。曲子非常优美动听，读者如果有兴趣可以下载下来听一听。

月满西楼

郑淑清

月照寒雪临西楼，
手拨筝弦韵自柔。
不知谁家徽商[①]女，
思丝牵挂疆场愁。

释意：① 徽商：此处指宋代时期的徽州商人。

附言：听古筝独奏《月满西楼》有感。

韩宫旧梦

李娜

梦萦绕回千重山，雾里寻她衫。
月宫楼宇寒光处，她裙紫衣楚。
流音逝他千百度，他依梦旧故。
纵失身崖无息处，无悔宁与渡。

附言：听《秦时明月—韩宫旧梦》有感。

幻音宝盒

李娜

脆珠连生处，
光斩欲匣出。
灿灿金辉续，
音满檀香木。

附言：听《秦时明月—幻音宝盒》有感。

阴阳无极

李娜

刀光无影极身形，
狐鸣夜风消山音。
寒洞气轩千刹回，
呼喝阴阳百转破。

附言：听《秦时明月—阴阳无极》有感。

灯火阑珊

李娜

晴空亮月星照明，
思琴悦心两相应。
柳絮飞花烛前舞，
脂胭纤手系心清。

附言：听《秦时明月—灯火阑珊》有感。

临安初雨

李娜

府门旧邸残心垣，瓦砾沉灰散城中。
忽有初雨临安降，回春妙手百废兴。
枯井府邸泉清溢，商旅重识珠盘吟。
只闻溪水倾长下，鸟鸣又响林竹园。

附言：听《临安初雨》有感。

乱红

李娜

落叶飞花渡窗时，情随风月入静思。
宁霜似雪悄入目，泪如霜凝寒不知。
红烛独伴月，月影知情人。
欲睡意不倦，依栏似梦时。
轻纱罗裳风掀起，愁思落雨逐澜溪。
回首昔时妙语出，此时妙语不连珠。
珠溅雨花红泥入，线断珠碎寻无处。
风月依旧似昨日，落红如泪注滴流。
何时红烛泪不洒，如烟西沉月隐时。

附言：《乱红》是一首以笛子为主乐器的曲子，它那凄美的主旋律给我留下了非常深刻的印象，动情之处不禁令人潸然泪下！于是就动笔写下了这首词。之后，在一个游戏访谈节目中意外发现《乱红》竟然是老牌 RPG 游戏“仙剑”的主题曲，同时也了解到这首游戏结尾曲确实是以一位女主角的意外辞世而结束的，竟然和我对这首曲子最初的理解如此吻合。作为一名游戏热爱者，我既惊奇又惊喜，惊奇的是这款游戏一直被初中时的我收录在必玩游戏的小宝盒中，惊喜的是二十年后的我偶然间听到了这首游戏主题曲并为它写下了词，原来我和“仙剑”竟然如此有缘。

神雕侠侣

李娜

尽断独臂剑，
豪享天涯念。
千年再相逢，
剑心无极恋。

附言：《神雕侠侣》是家喻户晓的影视节目，从最早的电影版到任贤齐和吴倩莲主演的电视连续剧，故事中的杨过和小龙女这两个人物角色都给我的青少年时代留下了很深的印象，我想像我一样的80后应该都有同感。当我看到剧中断了一只手臂的杨过被迫离开小龙女，再度归来时，他们俩此时联手的功力已经到达了无敌的状态。至此，任何外界的力量都无法超越他们而像过去一样再次胁迫他们彼此分开了。回忆起片尾曲中他们俩共同坐在一只神雕上自由自在地高高地翱翔在天空中的情景，我不禁想为这对面对重重阻碍、历经艰险、依然坚贞不屈的武侠恋人写点什么，于是这首小诗就流出了指尖。

景物篇

早春二月

郑淑清

二月春风来如许，
丝雨梳柳似梦习。
一瀑黄花谁家院，
惹来游燕问黄鹂。

三月春

李娜

柳明花桥岸上行，絮飘三月望江亭。
莫道春寒微入骨，雨敲西窗入夜轻。
明艳春阳来日起，翠鸣西山两相应。
举袖清风捉不尽，春醒一绽万山明。

唤春行（一）

李娜

碧灌饰粉簪[1]，娇过妙龄颜。
蜿蜒绕山行，欲唤春女归。
不觉何几时，新绿点春木。
再度不多日，山野披浓墨。

释意：① 簪（zān）：古时用来别住头发的一种发饰。

唤春行（二）

李娜

蜿蜒小径，自栖成路。
碧灌饰粉，修花戴木。
膨茂而起，随溪而入。
绕行而下，欣欣育木。
不知几何，翠晕染树。
腰肢百态，翩跹起舞。
正值此时，小鸟啼鸣。
梦醒春园，心悦作歌。

附言： 春天来了，葱茏的灌木已开出了朵朵的粉色小花，伴着蜿蜒的山路，缓缓的溪流好像在召唤着春姑娘的到来。相比之下，树木却还没有披上浓碧的衣裳，只是被点缀上了新绿的嫩芽。这种初春的美景仿佛曾经在我的梦中出现过一样……小鸟此时的一声啼鸣却又打断了这种如梦般的思绪，把我重新带回了这如诗如画般的真实美景当中。

谷雨春色

郑淑清

笛声破晓悦心田，石涧韵竹绕柳烟。
杏园春色谁檐下，谷雨丝丝织绿田。
两岸岩溪含烟翠，绣入春色泛人间。
墨染天地层层锦，斑斓梦华别样年。

岁雪含春

李娜

岁雪飘凌寒风去，百木一色也欲春。
远山别岸朝暮雪，欲目归燕逐春来。
近看澄湖寒冰浅，远望渡雁不留痕。
未必二月无春色，堤上柳絮①芦花开。

释意：①柳絮：这里指雪花。

春

郑淑清

大地回春燕北飞，
春风扶草春又归。
一行白鹭腾雾起，
鸣鹤起舞映朝晖。

春晓

李娜

春生五月含风暖，云栖青歌渡燕归。
卷袖和风临高台，举目晓日望春来。
幽谷清远滴翠雨，雨后轻云如丝缕。
拂风抚琴低眉处，目远山青伴鹤飞。

四月春意

郑淑清

悠悠往事，如烟飘渺，
似花飞落，心如柔雨，
点点轻如羽。
溪泉涓涓，珠落玉盘，
碧翠流云，花坡逐艳，
转身又一片，青竹玉园。
四月的心田，期待中的紫烟，
如雪的梨花，漫天的飞絮，
酿出了春意，
醉了林中的微茵。

咏春

郑淑清

春风再渡五洲同，
晖阳润雨万物生。
跃马奔腾驰千里，
神清气爽度此生。

附言： 这首诗写于2014年1月26日。那日春节临近，在回母亲家的公交车上，看到年轻的妈妈们为孩子买的马年的吉祥物，顿时想起母亲也属马，生日恰巧在二月份。体味着北京古城浓浓的年味儿、春节、马年……一首马年咏春的小诗就这样写成了。

夏音

李娜

山水和[①]知音，
双展俊夏情。
蝉蟀重音奏，
情奔夏夜明。

释意：① 和（hè）：应和。

夏秀山水

李娜

远山连秀生俊情，
清水近潭和[①]山音。
蝉鸣蟋叫四境起，
一目方晓初夏临。

释意：① 和（hè）：应和。

夏夜星空

李娜

星繁缀玉碧空灵，
荧光满野伴星明。
夏风微抹梗[1]古木，
和颜碧染木风清。

释意：① 梗（gēng）：直，挺立。

田园度夏

李娜

满碧清风倾，晨阳镀景明。
远舍耕田犁，门庭绿水青。
小道玉木伴，草槿[1]葱茏[2]莹。
原阔依山岭，木草碧野晴。

释意：① 槿（jǐn）：落叶灌木。
② 葱茏（cōng lóng）：草木茂盛的样子。

夏园

李娜

草荣鸟轻鸣，木棚茂绿顶。
青葱红舍下，叶鸣作伴音。
田梯屋外落，香花织玉衣。
碧树闻馨语，韵阳柔古情。

湖塘夏色

李娜

和阳丽影伴清风，木水天明青呈泽。
合林微曳柏松立，花邸岸香紫苇葳[1]。
远目方怡碧山晓，密叶透阳暖径鲜。
隔岸青台望穿水，近目红椅秀景明。

释意：①葳（wēi）：草木茂盛的样子。

秋韵

李娜

山凝碧彩韵古律，水喝云舟驾律青。
腾叶城壁情曲漫，声声喝应小秋音。
合手信步亭下坐，望顶已阙[①]黄玉青[②]。
闻溪潺潺自山下，松高一目晓秋临。

释意： ① 阙（què）：原指皇宫门前两边的楼，此处指木制小亭。
② 黄玉青：这里指秋天里黄绿色的爬山虎。

附言： 秋日里漫步在大自然中是一件很享受的事，坐在布满爬山虎的小木亭下，听着潺潺的溪水，看着各色的树儿，遐想那高高的松柏应该是最能知晓秋天已经到来的了，因为只有它是四季常青的。

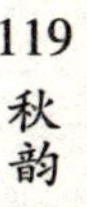

秋林（一）

李娜

秋林尽染池，池景平秋日。
层林叠水碧，今秋持卷执。
木枯木又起，七载[1]同天日。
卷首寒影和[2]，终已在明时。

释意：① 载：这里指年。
② 和（hè）：伴随着。

秋林（二）

李娜

壁彩秋林尽染池，池景一色终秋日。
林中千绮倚碧叠，木起层澜共水卷。
此时观秋正逢时，各色归正平秋日。
要问何故色俱殊，须携秋风叙客辞。

秋音

李娜

水秀湖清镜合一，青石诱景岸上栖。
朝阳撒透湖中影，点点黄叶携舒意。
湖青丽木植秋色，落叶浮地化作衣。
金枝锦色醒人目，木椅依畔释秋音。

秋色

李娜

秋风染园落叶处，黄绿色一万园清。
白茸[1]摇尾润色立，灯倚栗木采秋林。
米阳透撒暖石木，院宇尽显彩木青。
望眼高林俱秋色，色满秋意近目临。

释意：①白茸：我养的一只小西高地白梗狗。

秋水（一）

李娜

秋水凝碧流，伴雁无孤愁。
处秋消寒意，切返释香由。
和风探秋水，平心暖思眸。
谁言秋瑟瑟，今秋迦南留。

秋水（二）

李娜

水似碧舟南归流，雁鸣伴舟无孤愁。
两岸秋色叠不尽，品水流意尽消愁。
吾心今秋无寒意，和风探水无乡愁。
谁言秋深亦瑟索，今秋暖意胜千眸[①]。

释意：① 眸：瞳仁，此处引用为温暖的眼神。

附言：2015 年的秋天对我来说非常有意义。因为在那个秋天，我在德国南部一个美丽的小城市中找到了一份心仪的工作。虽然因此要从很远的德国北威州南迁，但却有着那种“望秋不觉凉，思秋雁伴长”的感觉，因而有感写成了这二首小诗。

秋舟（一）

李娜

晨起秋光伴，露透树衣莹。
雾和舟舱卧，木山水镜灵。
翁人横篙[1]立，静度[2]秋水明。
待到篙起时，秋鱼满舱舟。

释意：①篙（gāo）：船桨。
②度（duó）：查看。

秋舟（二）

李娜

朝色满透树衣莹，雾起秋舟近目玲。
篙梗静卧湖中泊，木山晨起碧水明。
渔人戴笠舟中候，目审青波鱼露头。
待到篙起水深处，满瓮秋鱼跃舱舟。

秋收（一）

李娜

苍穹映天目，澈蓝戴云飞。
万道秋收景，麦囤[1]如丰油。
远木众起贺，美喜收割人。
今秋如画幕，不待梦中寻。

释意：① 囤（dùn）：用以盛放粮食的器物。

秋收（二）

李娜

苍穹映日湛色起，目瞰四极尽秋底。
丰囤满野极天色，垠麦飘香闻十里。
远木众倚贺丰秋，金秋独获满载收。
梦中美景如今临，琴瑟声荡九重州。

秋月

李娜

秋月蒙夜色，小影照人家。
月晓岚[1]高处，霭檐拾香泥。
香溢漫入夜，唤醒梦中人。
闻香望月空，已是圆月明。

释意：①岚（lán）：山中的雾气。

秋月白鹭

李娜

秋色漫香浸夜宁，月池白鹭渡孤鸣。
躯身白羽披月露，和光夜色映颈明。
展羽翔空寻栖觅，桂花树下啄香泥。
待到举额望月时，已是圆月如梦临。

秋日之畔

李娜

碧水天明镜，秋木和畔依。
微粼浮波远，绿毯织金玑[①]。
木和清风起，玉路伴秋息。
深木丽山下，千秋林明西。

释意：① 金玑（jī）：金色的珠子。

早秋之畔

李娜

风平碧岭青山映，苇荡芦草玉木青。
水镜然碧浮秋色，远舍依坪清悠心。
草稍带色尤染岸，碧水雅色俏秋山。
不目小黄[①]落地倾，谁晓炎去清风临。

释意：① 小黄：小黄叶。

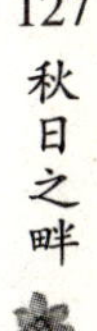

暖秋之林

李娜

秋风情来意，林悠木染清。
俏阳透木倾，彩林新镶金。
木道犹然起，古气腾秋林。
林香浸木色，情暖秋之明。

秋之原野

李娜

郁瓣[①]落秋园，篷茂彩木间[②]。
碧草无暇玉，原秋木染芊[③]。
小径伏地倾，叶摇不盛闲。
明碧晴秋意，悠犹绿野仙[④]。

释意： ① 郁瓣：玉兰花瓣。
② 彩木间：我住的地方的后院。
③ 芊（qiān）：草木茂盛的样子。
④ 绿野仙：源于绿野仙踪，这里表达一种悠然自得的心境。

冬茶

李娜

窗外飞雪欲连帘，室内静独绵。
依山傍水心清闲，暖茶浅香甜。
湖明树景道间连，雪依草木芊[①]。
冬山不忧无绿添，不失磅礴[②]乾。
亲临雪景乃兴事，不觉已然间。
茶溢暖屋瞰雪景，已越屋间限。
饮入香茶欲品味，味已浸雪莲。
何须再盼更宜时，美景近目前。

释意：① 芊（qiān）：草木茂盛的样子。
② 磅礴（páng bó）：形容气势盛大，广大无边。

雪园

李娜

飞雪连天一二月，玉木松山广云烟。
木舍文香流芳处，墨染千卷闺阁书。
未闻青鸟鸣竹翠，晨清踏雪入园新。
木远山明寒终尽，鸣鹿泽[1]晖又一春。

释意：①泽：反射光泽。

雪

李娜

飞雪续飘下，欲落庭上园。
茫海苍山立，尽原草中明。
无风降天玉，寒节澈地平。
草槿[1]依山秀，木和雪松盈。
皎山高皓月，林溪系水情。
何方银装素，雪魄静息凝。
天涯湖作镜，气阔云山行。
笔墨落豪景，天地生辉明。

释意：①槿（jǐn）：落叶灌木。

初雪

郑淑清

秋寒凝雪尽洒扬，
瑞雪含福又临窗。
玉瓣凌风伴心语，
书香兰室韵清香。

附言：2014 年的 11 月份，初雪不期而至，片片雪花临窗飞舞。我坐在兰轩阁（书房）的窗前静心地听着、看着、赏着这份大自然赠予我的安宁。这时微信朋友圈里正热闹着，大家写诗并发到圈里。五十年前，我们曾在山西临汾一起插队，为了和同学的诗，我写了这首《初雪》。

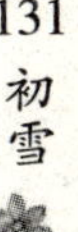

田园山色

李娜

碧湖浸山色，镜窗水外涟。
策马度边走，林层尽染鲜。
斜阳越目浅，耳闻鱼跃前。
山色静依人，疑是九重①天。

释意： ① 重（chóng）：层。

玉野山原

李娜

山原玉野百草青，草底云矮天山情。
木亭鸟瞰晓峰静，绿野油一幅画清。
满目成碧栖山起，径伴湖色度夏檐。
木屋小宅青山下，俯瞰成居一自然。

雾山情

李娜

群山雾傍迷朝腾，
近草红依绿作衬。
不知小舍何人居，
雾山情越千层云。

天之园

李娜

碧水天蓝一色情，
白蛟[1]遥卧仰天鸣。
绿毯抚湖斜披下，
纤纤小花惹君心。

释意：①白蛟（jiāo）：这里指白色的山脉。

褐石山园（一）

李娜

褐石山横连，
立松掩其面。
远处依山傍，
近闻紫珠园。

褐石山园（二）

李娜

远处褐石山横连，
脚下一片柏云仙。
哪有别情游他景，
单依紫园闻清甜。

五月荷塘

郑淑清

墨染四月春华尽，
五月芬芳，谁家塘前香？
荷遇晨风摇晶露，
一碧千顷奇入目，
晨荷未绽粉先露。
不知何方，惹来鸥鹭，久立塘边荷香处。

壁崖月

李娜

两壁石山生涯峭，
远峦金辉合壁削。
水中顽石静生起，
浩江明月思空照。

皎月明

李娜

孤高皎月枝头明，
梅高檐下台阁青。
此时漫听星细语，
冷意芳香沁意宁。

亭月夜

李娜

鱼跃龙鼎今朝燕，
柳桥亭前两岸明。
相思何得复相见，
此桥溪前明月圆。

附言：自古以来“亭前夜月明，柳畔含风暖”这类景色都会唤起人们对美好事物的种种遐思，我也不例外。一天偶然间看到了一副描绘此类景色的美丽画面，由此产生了创作灵感，写下了这首七言诗。

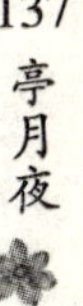

镜湖静心

李娜

清风和[①]阳照影明，湖波微粼随林音。
玉绿丰灯合聚岸，木各处姿侍畔唤。
隔岸红舍匀草绿，木椅独坐绘天悠。
夏日野碧尤盛美，镜湖静流静依心。

释意： ① 和（hè）：和着。

附言： 我平日闲暇时最喜欢去瓦尔登湖的湖边散步，每当阵阵风儿掠过耳边，湖面上的水波就会随着森林里传来的林音逐波荡漾。岸边古色古香的绿色路灯和姿态各异的树木侍立在湖边，好像随时在等候着主人的召唤。对面清晰可见的红色小舍及供游人休息的木椅都给这夏日中的湖畔额外又增添了几分宁静。

碧锦清湖

李娜

阳薰[1]冬草绿，风依水木清。
浅霜伏木累，一径晓春鸣。
镜湖冰消融，清澜绣碧锦。
寒山挟风去，川野雕木新。

释意：①薰（xūn）：暖和。

附言：瓦尔登堡湖畔的初春还带着一丝寒意，冬雪融化后还结着一层薄薄冰层的湖面已开始渐渐地消融了。薄霜虽然还自不觉累地伏在树梢上，但确实是无法再抵挡住春天到来的气息。走在湖边的小径上马上就能感觉到初春的脚步已然临近。

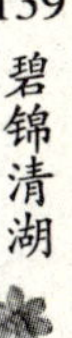

观海落

李娜

日嵌西海，紫云东升。
壁岩若金，礁涯映辉。
听水涌动，潮落石出。
海浪拨岸，白花似开。
晚语之声，疑是旧歌。
远山突伏，遥越千里。
恢宏极致，天宫之笔。
情不由已，作此美歌。

观海起

李娜

东起旭日，明如亮珠。
浓云腾海，金光溢出。
白波迎岸，浪花更[①]开。
黑岩渐没，如妻奔夫。
海语之声，越涯而起。
暮朝一别，情深意舒。
天海之美，煞[②]然有序。
叹之不已，遂[③]作以歌。

释意： ①更（gēng）：更替。
②煞（shà）：极，很。
③遂（suì）：顺然。

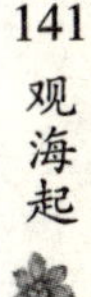

金山麦海

李娜

山峦重叠，麦海苍穹。
夏秋有别，采色各殊。
山高耸云，角下木屋。
金玉交替，碧屏嵌珠。
待到今秋，更是悦目。
金山耀眼，麦海聚辉。
观此奇景，心悦诚服。
手持便笺[①]，作歌以抒。

释意：① 笺（jiān）：小幅的纸。

朝日（一）

李娜

朝日披光起，雾去林森悦。
细木参天长，满目银辉明。
松柏相伴立，共享日升时。
问何最悦心，身临此景致。

朝日（二）

李娜

朝日一跃，雾去林明。
细木参天，满目皆辉。
松柏相伴，银光透洒。
荣草丰茂，织地作衣。
万木尤悦，鸟儿轻鸣。
远近交错，怡然一色。
自下及上，层光透染。
整而观之，一体浑然。
每临此景，心美作歌。

林溪（一）

李娜

溪走两岸情，
青柢[1]韵溪音。
林合碧拱下，
水清翠景吟。

释意：① 柢（dǐ）：树木的根。

林溪（二）

李娜

林伴溪流溪悦鸣，
溪走翠景两岸青。
合林碧拱直摇下，
层石储锦更碧衣。

翁篮

郑淑清

溪水河经卵石滩，
鱼戏清溪石缝间。
细雨穿珠从天落，
鱼跃出水入翁篮。

紫晚宁

李娜

秋木披风月渐稀，
紫云依山罩木腾。
水上涟漪[1]按律起，
梦中紫晚如杯临。

释意：① 涟漪（lián yī）：形容被风吹起的水面波纹。

情怀篇

汾水情

郑淑清

月上汾[1]水系清风，静闻涛声诉故情。
昔时旧事帆远去，缕缕思情还梦中。
塘荷引鹭从天落，谷雨织丝入田耕。
十里汾堤含烟翠，绣入锦色泛故园。

释意：①汾（fén）：汾河，水名，在山西省。

附言：山西省临汾市是我十六岁至二十一岁插过队的地方。四十六年的岁月光阴、东羊大队和那儿纯朴善良的老乡们、织布机穿梭的“嘎哒”声、过年时才能吃到的各样儿动物枣糕，特别是“汾水河”，她带着我们青春时的汗水、盼望和梦想……这一切仿佛瞬间展现在我的眼前。岁月的长河伴着“白鹭荷塘，谷雨麦香，缕缕思情如同含翠如烟的十里汾堤”，随着汾水情永远地绣入了自己人生的画卷之中。

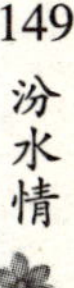

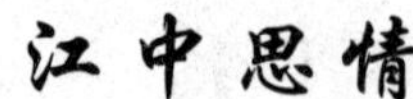

江中思情

李娜

望江思还西水亭，四月清风故思亲。
舟公[1]橹花[2]夕日月，碧江吟空涛风鸣。
篙[3]起岸去离泊远，山岭白烟入目轻。
已是雁鸣灯起时，情却久在江中吟。

释意： ① 舟公：此处指船夫。
② 橹（lǔ）花：摇桨泛起的水花。
③ 篙（gāo）：船桨。

喜堂

李娜

红帘烛色映喜堂，
风花雪夜腊梅香。
青梅竹马两相随，
今夜佳人共度房。

两相知

郑淑清

思凝白霜挂叶时，
风卷情思月晓知。
苍天撒下知情雨，
花开花落两相知。

长相守

郑淑清

青梅竹马童颜展，相识不忍离梅园。
烛红喜伴花月夜，琴箫月影透珠帘。
双影相随逐月影，月披轻纱半遮颜。
虽有风雨逆风寒，暖阳霜雪周始还。
知识爱守终相伴，梅园春晓忆年年。

附言：为我和先生成婚三十五年结婚纪念日而写。从相识相知到相爱相守，执子之手，与子偕老。

过往人生

郑淑清

长歌吟悦倾世华，
如诗岁月过往他。
千帆叠渡四季水，
又是初阳照人家。

芬芳六旬

郑淑清

秋叶无枝镶，雪落入冬怀。
窗前独对月，谁家梅朵开。
四季春秋阅，芳香远处来。
六旬人生处，方觉心自在。

燕归新巢

郑淑清

昔日暖檐南归处，
寻旧巢无处。
高天云息处，
晨阳浓艳，
却闻啾鸣哀叹，
转目泪涟涟。
今见旧处新园，
惊叹奇变，
旧貌换新颜。
楼栏傍水，琴和[①]梨园[②]，
春归一夜绿纱披，
柳烟夕照，
燕啼鸣处处。

释意：①和（hè）：应和。
②梨园：指京剧。

附言：随着棚户区老旧房的拆迁，人们乔迁到了高层的新家，但这些春来北归的燕子因找不到原来的旧巢而泪涟叹息。当燕子在"绿树如荫，柳烟夕照"的高栏院亭，发现自己的旧巢已换到了天极云息处的高楼时，不胜欣喜。笔者用燕归新巢感叹老北京城居民居住条件在经济快速发展的今天的巨大变化。

故人

郑淑清

书香伴心语，雨落忆旧人。
风袭香瓣落，春深诗入魂。
古桥游人兴，杏芳醉渡人。
橹篙乘风远，归舟遇故人。

秋日乡怀

郑淑清

高桐叶正稠，山空欲罩秋。
轻轻云中燕，浅水映乡愁。
街商闭门市，归途月下人。
遥望云端雁，空山更阅秋。

秋意

郑淑清

秋风淡抹原上草，远山墨染添意凉。
入目千里皆是画，醉在深秋独自白。
初寒入骨息微汗，意归儿时与父欢。
转瞬人生如一梦，醒来青丝白发间。

附言：我和女儿坐在美丽的瓦尔登湖岸边的长椅上，远眺渐渐变得深墨色的远山浸在深秋晚霞微抹过的淡淡颜色中，这景色仿佛是一幅展开了的风景画由近及远渐入佳境。真美啊！深秋傍晚不觉得有微凉的感觉，看到不远处和父母一起荡秋千的孩子们，不由得想起了父亲小时陪着我玩儿的情形，岁月逝去得太快了！无忧无虑的童年转瞬已是青丝少于白发了。

盼

郑淑清

阅过人生千百遍，
回首依然，
独站楼栏，
月照冷露披身寒。
碧空皓月，
抬首高远极目处，
鸿雁点点，
盼！盼！盼！
今回首，
春打柳梢，
鸿雁归回，
春烟浓碧楼栏处，
红桃尽满眼，
喜泪衣沾，
暖！暖！暖！

附言： 带着期盼的等待，深秋月下，露冷、身寒，远望月空鸿雁点点。几个排比句写出了一位母亲盼望女儿早日留学回国，同家人团聚的期盼心情。来年的早春，这位母亲仍旧是站在同一地点“独站楼栏”，看到的却是大雁北归，旧屋暖檐下红桃尽满眼。女儿终于回到了远离了多年的家，内心充满了“暖”的无比喜悦！

小院

郑淑清

飞檐夺目出，吻兽屋脊座。
石榴树间笑，花开院东角。
鱼戏池中荷作伞，
牡丹花开映目明。
树间鸟儿啼不住，
风吹草木竹间吟。
临舍院内兰新栽，
风携兰香沁院盈。
蝶花齐舞迷人眼，
心怡静然倦眼帘。
梦香何时入不知，
目醒已近斜阳时。
浊不入水水自清，
秽不压心心自明。
终生自持心不染，
一片丹心如日明。

疆场

李娜

铮铮铁骨男儿汉，白马雄驹疆场战。
夜寒星稀荒沙伴，大漠飞沙素食寒。
对空数星无眠夜，思怀深处乡月还。
烽火连天石连壁，战马嘶鸣震天地。
金光铠甲披身戴，头顶朱戎战几环。
疆场争荣身先死，铁马兵戎定兴衰。
多少朝代更迭过，留得几人青名传。
民安市井繁华现，烈士碑前素花鲜。
身死梦生再聚首，英雄举杯泪不弹。

附言： 以疆场为主题的边塞诗有很多，特别是南宋爱国诗人陆游的边塞诗尤为经典。每当看到人们得以安详地在街市上买菜、散步生活时，就不禁想到古今战死沙场的那些英雄们，因而产生了写这首以塞外疆场为主题的边塞诗的感动。

忆甲午

郑淑清

清风透竹帘，心舒香墨园。
静水伴明月，花语逐心田。
阅古明照万事鲜，
甲午逝杰英灵还。
今朝威海祭壮士，
明日雄姿震宇寰。

释意：2014 年 7 月 25 日是甲午战争 120 周年的纪念日，为纪念在当年海战中捐躯的英烈，中国人民解放军海军在山东威海甲午战争的旧址举行了隆重的海祭。作为革命军人的后代，纪念在甲午海战中牺牲的英烈，担负起历史的重托，教育后代不忘历史，努力强国，振兴中华是我们这一代人义不容辞的义务和使命。这是我写《忆甲午》时的心情。

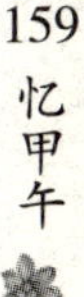

落叶归根

郑淑清

大雁南飞一字排，
鲟鱼[①]洄游北上来。
孤鹤难忍离群苦，
落叶归根自古来。

释意： ① 鲟 (xún) 鱼：一种大型洄游型鱼类。

附言： 小妹从台湾讲学回北京后曾这样说：“许多台湾的老兵已年过八旬，他们非常想念祖国。”落叶归根，家在哪里根就在哪里，老话儿是这么说的，我和女儿也这样想，在2013 年的国庆节，我们有感而发写了这首诗，期望他们能够如愿以偿，早日回到祖国的怀抱，圆和家人的团圆之梦。

恩泽

郑淑清

依山傍水青泛林，鹿跃雁渡鸟唱吟。
韵上心头轻歌起，风携弦音染园新。
忧云散尽北琛远，一目千里悦地南。
感怀渡阅十年事，恩泽如泉永世甘。

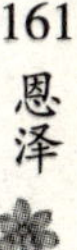